LE PRINTEMPS

ET

LES FLEURS;

Essai Poétique,

LU A LA SÉANCE PUBLIQUE DE LA DISTRIBUTION DES
PRIX DE BOTANIQUE, AU JARDIN DES PLANTES,

LE 4 SEPTEMBRE 1824,

Par A. L. Blanchard,

MEMBRE DE LA SOCIÉTÉ LINNÉENNE DE BORDEAUX, ET ASSOCIÉ CORRESPONDANT
DE LA SOCIÉTÉ PHILOMATIQUE DE LA MÊME VILLE.

A BORDEAUX,

CHEZ LAFARGUE, LIBRAIRE, rue Puits Bagne-Cap.

LE PRINTEMPS

ET

LES FLEURS.

BORDEAUX.

IMPRIMERIE DE J. B. LAVIGNAC,

Rue Puits Bagne-Cap, n° 4.

Lith. de Caulent — St. Pierre Rodt. — de la Tour, f.

Le Printemps et les Fleurs.

LE PRINTEMPS

ET

LES FLEURS;

Essai Poétique,

LU A LA SÉANCE PUBLIQUE DE LA DISTRIBUTION DES PRIX
DE BOTANIQUE, AU JARDIN DES PLANTES,

LE 4 SEPTEMBRE 1824,

Par A. L. Blanchard,

MEMBRE DE LA SOCIÉTÉ LINNÉENNE DE BORDEAUX, ET ASSOCIÉ CORRESPONDANT DE LA
SOCIÉTÉ PHILOMATHIQUE DE LA MÊME VILLE.

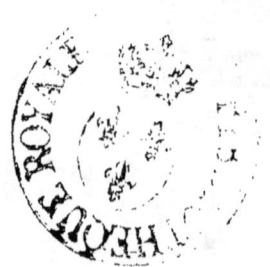

> . . . . Heureux l'ami des plantes !
> Il parcourt, il décrit leurs beautés ravissantes ;
> Il admire, il adore, il chérit l'Éternel
> Et voit dans chaque mousse un chef-d'œuvre du ciel.
>
> DELILLE. (*Les trois règnes*).

✦✦◆◉◆✦✦

A BORDEAUX,

CHEZ LAFARGUE, LIBRAIRE, rue Puits Bagne-Cap, N° 4.

———

M.DCCC.XXVI.

DISCOURS

PRÉLIMINAIRE (1).

SENSIBLE à tout ce qui frappe vivement son imagination pour parler à son cœur, l'homme est entraîné, comme par instinct, à rechercher le beau et
le merveilleux (2); et ce n'est qu'en contemplant
les tableaux variés de la Nature, qu'il parvient à
satisfaire ce désir puissant qui domine son être.

---

(1) Ce discours préliminaire n'est qu'un extrait de celui qui
fut prononcé à la Séance publique.

(2) » Le véritable merveilleux, puisé dans les œuvres du Créa-
» teur, surpasse infiniment tout ce qu'une imagination déréglée peut
» inventer en ce genre. Les découvertes les plus utiles, les plus bril-
» lantes, et par conséquent toute la magie des Beaux-Arts, et même
» celle des arts d'industrie, repose sur l'Histoire Naturelle, la plus
» belle et la plus attrayante de toutes les sciences ».

M.me DE GENLIS (*Mémoires. Tome* 6).

Mais, tandis que tel se contente de jouir avec indifférence, du spectacle admirable que lui présente l'univers, tel autre, doué d'un esprit curieux et pénétrant, étudie la nature dans ses moindres productions, et cherche à lui dérober ses secrets : heureux ! si tous les deux, dans leur admiration, ils élèvent leur pensée jusqu'à l'auteur de toutes ces merveilles !

Cette étude, non moins agréable qu'intéressante et utile, a fixé l'attention des Sages que l'antiquité cite avec orgueil ; et, parmi les modernes, combien d'hommes célèbres par leur génie, et infatigables dans leurs travaux, n'ont-ils pas consacré leurs plus doux loisirs, même leur vie tout entière à la recherche des vérités physiques qui avaient échappé aux Anciens ? La France n'est pas moins fière d'avoir vu naître dans son sein les Buffon, les Tournefort, les Jussieu, que d'avoir produit les Corneille, les Racine, et tant d'autres illustres Écrivains qui, chacun dans leur genre, ont contribué à sa splendeur et à sa gloire.

Parmi les diverses branches dont se compose l'Histoire Naturelle, la Botanique est, sans contredit, celle qui offre le plus d'attraits à l'esprit et qui lui promet les plus douces jouissances. Mais le temple de Flore est immense, et il aurait été téméraire à moi d'oser parcourir la vaste enceinte de ce brillant édifice : aussi, me suis-je contenté de porter mes pas sous son élégant péristyle, et d'y cueillir quelques fleurs, qui seraient bientôt fanées entre mes mains, si l'indulgence ne leur rendait leur fraîcheur et leur éclat.

Nota. La lithographie, qui est à la tête de cet *Essai*, représente un des sites les plus pittoresques des bords de la Garonne. Comme je n'ai pu en faire le croquis que d'après mes souvenirs, ce paysage laisserait beaucoup à désirer, si l'habile pinceau de M. de la Torre, déjà connu par plusieurs ouvrages charmans, n'avait su, en l'embellissant, lui donner le plus grand intérêt.

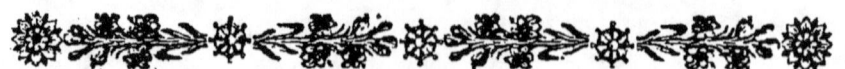

LE PRINTEMPS

ET

LES FLEURS.

L'ʜɪᴠᴇʀ a disparu : le printemps vient de naître ;
Enfin les jours sereins commencent à paraître ;
L'oiseau, dans les bosquets, reprend le chant d'amour ;
La sœur de Philomèle annonce son retour ;
De son souffle amoureux Zéphir caresse Flore,
Et les fleurs, au vallon, déjà sont près d'éclore ;
Les limpides ruisseaux, sortis de leurs prisons,
Roulent, en murmurant, des cristaux de glaçons.

Nous reprendrons bientôt nos douces promenades :
Nous irons visiter les humides Naïades,
Nous les consolerons des rigueurs des frimats.
Émules de Linné (1), vous guiderez nos pas :
O vous, tendres amis de notre adolescence,
Vous, dont la modestie égale la science,
Vous viendrez dans les champs, au soleil matinal,
Expliquer les beautés du règne végétal.

Quels attraits séduisans, quel charme irrésistible
Exerce sur le cœur de tout homme sensible
Ce règne intéressant, dont le riant tableau
A l'esprit chaque jour offre un plaisir nouveau !

Que l'avarice, en proie au ver qui la dévore,
Recherchant des trésors, qu'heureusement j'ignore,
Interroge la terre et déchire son sein ;
Que cet homme, savant en son art inhumain,
Chaque jour sacrifie à ses cruels caprices;
Qu'à tourmenter l'insecte il trouve ses délices,
Ou bien, qu'à la lueur d'un funèbre flambeau,
Il pénètre, vivant, dans la nuit du tombeau :
Et, guidé par le feu de son ardent génie,
Dans les bras de la mort étudiant la vie,
Qu'il révèle aux mortels par quel ressort puissant
La matière est unie au principe pensant !
N'ambitionnons point ses vains titres de gloire,
Et laissons-le courir au temple de mémoire.

Ami des doux zéphirs, je consacre mes ans
A l'étude des fleurs, aux beautés du printemps.
Quel bonheur ! quel plaisir, au lever de l'aurore,
De parcourir les champs (2) du domaine de Flore ;
De gravir sur ces monts (3), empire des frimats,
Qui, malgré leurs glaciers, ont pour moi tant d'appas,
Lorsqu'encore la neige, à fondre si tardive,
Me présente une fleur qu'elle tenait captive !

Tel cet heureux vieillard, couvert de cheveux blancs,
Aime, au déclin de l'âge, et sous le poids des ans,
A mêler quelques fleurs d'une aimable jeunesse
Aux fruits long-temps mûris d'une lente vieillesse ;
Dans un grave entretien, un frivole récit,
Fait briller la gaîté qui pare son esprit.
Telle aussi la nature, en ressources fertile,
Se plaît à rassembler, dans un climat stérile,
Des fleurs parmi la glace et mille arbres divers
Dont les vivans rameaux triomphent des hivers.

Sur ce roc élevé, qu'inonde la lumière
Lorsque Phébus, pour nous, termine sa carrière
Et qu'en d'autres climats il va porter ses feux,
Le Roi de nos déserts s'élève dans les cieux :
Son tronc a vu passer les siècles, en silence ;
Il a bravé du temps la terrible puissance,
Dont la faulx meurtrière a vainement tenté
D'abattre de son front l'agreste majesté.
La foudre, qui souvent du haut de la montagne
Roule et vient, en grondant, désoler la campagne,
A, quelquefois, à peine, effleuré ses rameaux :
Et nous, faibles humains, vers le sein des tombeaux
La mort, de tous nos biens empoisonnant la source,
De nos pas chancelans précipite la course ;
Quand un dixième lustre a blanchi nos cheveux,
Il faut hélas ! il faut rejoindre ses aïeux !
Mais, dans ses grands tableaux, la nature imposante

Répand de ses trésors la pompe éblouissante :
Elle unit la topaze à l'opale, au rubis,
Et revêt cette fleur de l'écharpe d'Iris.
Doux souvenirs ! Mon cœur se rappelle avec joie
Le spectacle pompeux que le Jura déploie.
C'est là que recueillie (4), oubliant l'univers,
L'âme sent naître en soi de plus nobles pensers :
La vaste solitude et sa voix éloquente
Révèle à ses desirs cette force puissante
Qui resserra la mer dans ses gouffres profonds,
Qui dans les airs lança les sommités des monts.
Ici, le fier torrent bouillonne sur leurs cîmes ;
En voûte suspendu, le roc sur des abîmes
Dirige, comme un trait, ses éclatans pitons (5)
Et du soleil au loin réfléchit les rayons.

Que j'aimais à cueillir au bord d'un précipice
Cette brillante fleur (6), dont le riant calice
Par ses vives couleurs l'emporte sur l'émail,
Et rappelle à l'esprit l'ingénieux travail
Dont encore Arachné tapisse nos demeures !

Souvent, dans les forêts, j'interrogeais les heures : (7)
Cette fleur qui se penche à l'aspect du soleil,
Et celle qui, sortant d'un paisible sommeil,
Étale à nos regards sa vermeille parure,
M'annonçaient le réveil de toute la nature.
Au moment où Tircis, cherchant l'ombre et le frais,

Ramène son troupeau sous un feuillage épais,
Je vois s'épanouir cette fleur azurée
Dont le calice s'ouvre en robe diaprée.
Quand le char de Phébus, aux bords de l'horison,
Ne nous éclaire plus que d'un faible rayon ;
Lorsque la nuit s'apprête à déployer ses voiles,
Que Diane paraît, le front orné d'étoiles,
Nyctage ouvre son sein d'or, de pourpre et d'azur
Au papillon qui vient du nectar le plus pur
Respirer la vapeur : sur sa tige mouvante
Il presse tendrement cette pudique amante
Qui craint au moindre éclair, que Phébus de retour,
Ne surprenne un instant son innocent amour.
Tel, dans les bois touffus, l'oiseau tendre et timide,
Suivant le doux penchant de l'instinct qui le guide,
Se dérobe avec soin aux regards indiscrets,
Et ne dit qu'à l'écho ses amoureux secrets.

Symbole de pudeur, (8) d'amour et de tendresse,
En son réduit caché, sous mon doigt qui la presse,
A ma seule présence, ou même au moindre bruit,
La tendre sensitive et s'agite et frémit.
Je m'éloigne, et soudain une force nouvelle
A son calme premier à l'instant la rappelle.
Est-ce un ressort secret, un fluide moteur
Qui dirige à son gré cette sensible fleur ?
Qui pourrait expliquer cet étonnant problême ?

La reine des jardins nous présente l'emblême
Des attraits enchanteurs d'une jeune beauté ;
Et le lis éclatant, qui brille à son côté,
M'offre de sa candeur la plus touchante image.
Le lis sur notre sol fut en butte à l'orage ;
Mais l'Arbitre puissant qui régit l'univers,
Eut pitié de nos maux, fit cesser nos revers.
Eh ! Pourquoi cette fleur vient-elle à ma mémoire
Rappeler des forfaits qui souillent notre histoire,
Et par l'affreux tableau de ces temps de malheur
Troubler les doux plaisirs et la paix de mon cœur !
Ah ! revolons aux champs où zéphir nous appelle.
Voyez de la vertu le portrait si fidèle :
Modeste violette, aux regards importuns
Tu dérobes ta fleur et répands tes parfums.
Ainsi l'homme de bien, soulageant la misère,
Se plaît à lui cacher la source salutaire
D'où partent les bienfaits qui calment sa douleur,
Et de ses tristes jours font des jours de bonheur.

Jusqu'aux cieux fièrement portant sa tête altière,
Le cèdre (9), sur les monts, près de l'humble bruyère,
De son tronc immortel étalant les rameaux,
Offre un asile sûr aux timides oiseaux.
Dans les climats lointains que cet arbre domine,
Le voyageur, assis sur quelque antique ruine,
Découvre, avec plaisir, le saule (10) où les Hébreux,
Négligeant de David les chants harmonieux,

Suspendaient, en pleurant, cette harpe sacrée
Qui du peuple choisi fut toujours révérée.
Ce saule, que jadis ont arrosé leurs pleurs,
Semble encore aujourd'hui parler de leurs douleurs ;
Il se plaît au désert et dans un lieu sauvage ;
Sur le bord des tombeaux il répand son feuillage ;
Et, toujours ennemi du faste et de l'orgueil,
Il aime à se couvrir de tristesse et de deuil.

Lorsque, loin des méchans, l'âme émue, attendrie,
J'invoque les douceurs de la mélancolie,
C'est à l'ombre du saule, ami du malheureux,
Asile fortuné, réduit mystérieux,
Que de mon triste luth une corde plaintive
Fait parfois soupirer la nymphe de la rive,
Et redit à l'écho des vallons d'alentour
Les peines, les chagrins et les maux de l'amour.
Telle, quand des réseaux de l'oiseleur avide
Philomèle a rompu le tissu trop perfide,
Elle n'ose essayer des sons mélodieux :
Elle chante avec crainte et se cache à nos yeux.
Tel encore, exilé de sa patrie ingrate,
Dans les flancs escarpés des rochers du Sarmate,
Ovide (11), déplorant ses vers et son erreur,
Alla cacher sa plainte et sa longue douleur.

De nos mœurs, des Beaux-Arts image séduisante,
Je retrouve partout l'attribut de la plante :
L'homme naît, et la rose embellit son berceau ;

Il meurt, et le cyprès protège son tombeau.
L'amitié, l'espérance et sa douce magie
Sèment toujours de fleurs le sentier de la vie.
La vierge, que l'hymen a conduite à l'autel,
Aime à parer son front du myrte maternel.
Déposant ses travaux au temple de mémoire,
Le Génie est couvert des palmes de la gloire;
Et le lierre immortel a du chantre des Dieux
De tout temps couronné le luth harmonieux.
Du guerrier qu'excita l'appât d'une conquête
La branche du laurier souvent ceignit la tête;
Mais lorsque la victoire, enchaînant le dieu Mars,
Ramène triomphans, ses sanglans étendards,
On voit ce noble enfant de la fière Bellonne,
Demandant à Minerve une heureuse couronne,
Ombrager d'un rameau de l'arbre athénien
Son trône dont la paix doit être le soutien.
Heureux! si sur les arts, dispersés par la guerre,
Il sait alors étendre un sceptre tutélaire!
Heureux! si d'un génie allumant le flambeau,
Il peut sauver son nom de l'oubli du tombeau!

Si, par ses attributs, il a droit de nous plaire,
Souvent le végétal, remède salutaire,
Prêtant à la science un généreux secours,
Des jours d'un tendre ami peut prolonger le cours,
Et rendre à sa famille, à sa fille éplorée
Un père vertueux, une mère adorée.

Voyez ce jeune époux, ses craintes, son chagrin :
De l'objet qu'il chérit le rigoureux destin
Voudrait des plus beaux jours interrompre la trâme ;
Du flambeau de l'hymen déjà pâlit la flamme ! .....
» Il en est temps encore : au milieu des forêts,
» Tendre époux, la nature a caché ses secrets :
» Sous l'ormeau, va cueillir la fleur aux doigts de rose » (12).
Il part, il voit la tige où son nectar repose ;
Il s'élance, il l'arrache, et bientôt rassuré,
Dans l'onde qui bouillonne, il la plonge à son gré ;
Dans le brillant émail que Sèvres nous envoie,
Verse l'or de ses flots, sent renaître sa joie ;
Et ce breuvage amer, par ses mains apprêté,
A celle qu'il adore apporte la santé.

Dirai-je les vertus de l'écorce puissante (13)
Qui, calmant les accès d'une fièvre brûlante,
Me redonna la vie aux portes de la mort ?
Que ne puis-je, excité par un nouveau transport,
Répéter, sur mon luth, l'hymne de l'espérance,
Les chants de l'amitié, de la reconnaissance !
Des enfans d'Esculape exprimer les bienfaits,
De leur profond savoir célébrer les succès !

Mais quelquefois aussi, la plante insuffisante
Prodigue vainement sa vertu bienfaisante.
Toi (14), qui me fus ravie au printemps de mes jours,
Qui de mes premiers ans embellissais le cours,

Qui calmais ma douleur, qui tarissais mes larmes,
Et qui sur mes ennuis répandais tant de charmes,
Pourrais-je, sans pleurer, rappeler ton amour ?
O cruel souvenir ! Qu'il soit maudit le jour,
Ce jour qui, pour jamais, a fermé ta paupière !
Ah ! l'homme ne vit plus, quand il n'a plus de mère !..
Êtres intéressans, qui naissez sous nos pas,
Vous ne pûtes, hélas ! la sauver du trépas !

Chaque climat produit la plante, dont l'essence
Peut, de leurs maux divers calmant la violence,
Accorder aux humains, qui sont nés pour souffrir,
Quelques momens de paix, de bonheur, de plaisir.

Oui, partout la nature, en richesses féconde,
A versé ses trésors sur l'un et l'autre monde :
Le Caffre s'enrichit des larmes de Myrrha,
Et l'Indien nous vend la fève de Moka.
Mais l'arbre aux pampres verts, dont la liqueur divine
Egayait de Boileau l'humeur sombre et chagrine,
Se plaît à couronner nos tertres, nos coteaux,
Et le nectar des dieux, c'est le vin de Bordeaux.

Dans les lieux que parcourt la nymphe de la Seine,
Il existe de Flore un superbe domaine,
Où l'art a rassemblé les végétaux divers
Qui peuplent au hasard notre immense univers.
Ici, l'arbre géant étend sa vaste masse ;

De ses faibles rameaux un arbuste l'embrasse,
Et la mousse, invisible à l'œil observateur,
S'attache et se nourrit sur son tronc protecteur.
Là, c'est un habitant de la Zône brûlante
Dont la serre entretient la tige languissante.
Enfin, dans son exil, l'étranger arbrisseau
Y trouve son climat, sous un ciel tout nouveau.

Quand pourrai-je à loisir et pour prix de mes veilles,
Quand pourrai-je, ô Lutèce, admirer tes merveilles ?
De tes nombreux savans écouter les leçons ;
Visiter avec eux ce temple des saisons,
Superbe monument, l'honneur de la patrie
Où règne de Buffon le sublime génie ?

A ce nom immortel mon cœur reconnaissant
Se plait à réunir le nom de ce savant
Qui, long-tems son rival, l'émule de sa gloire,
Des végétaux traça l'intéressante histoire ;
Et dont l'heureux crayon dessina tour-à-tour
L'instinct de leurs penchans, ainsi que leur amour.

O Linné, dans ces lieux, contemple ton ouvrage !
La France, à tes travaux rendant un juste hommage,
Te reçut dans son sein et voulut qu'à jamais
L'on célébrât ton nom, ta gloire et tes bienfaits.
Cependant, parmi nous, formés à son école,
Parurent Tournefort (15), les Jussieu, de Candolle ;

Par leurs soins assidus, leur zèle, leur ardeur,
La science brilla d'une vive splendeur.

Quel est ce philosophe, ami de la nature,
Qui des plants étrangers nous transmit la culture ?
C'est toi, charmant auteur, sensible Bernardin,
Toi qui du malheureux adoucis le destin :
En nous traçant les mœurs d'une pauvre chaumière,
Tu sais nous attendrir aussi bien que nous plaire.

Rousseau, de la nature en défendant les droits,
Expliqua nos devoirs, fit connaître ses lois :
Trop heureux (16), si, bornant l'élan de son génie
A couronner de fleurs le berceau de la vie,
Il n'eût, en dévoilant les vices de son cœur,
Fait rougir l'innocence, offensé la pudeur !

Combien d'auteurs encor, d'une si belle étude
Se sont fait un plaisir, une douce habitude !
O Delille, ô mon maître, ô toi dont les accens
Du Cygne de Mantoue ont ranimé les chants,
Le charme de tes vers embellit la nature :
Tu nous peignis les fleurs, leur forme, leur parure,
Leur éducation, les lois de leur hymen,
Et leur sort différent marqué par le destin.
Ton livre me plaisait, au sortir de l'enfance,
Il fait tout le bonheur de mon adolescence,
Il bannit mes ennuis, me délasse toujours,
Et, si je vis long-temps, charmera mes vieux jours.

Nourrisson de Linné, disciple de Delille,
Demain, me dérobant au fracas de la ville,
Librement je pourrai parcourir le vallon,
Et me mêler aux jeux du léger papillon.
Semblable à cet oiseau, qu'un pénible esclavage
A retenu long-temps prisonnier dans sa cage,
Libre enfin, comme lui, sous un ombrage frais,
Je redirai ma peine à l'écho des forêts;
Chaque jour, devançant le lever de l'aurore,
Je porterai mes pas vers les bosquets de Flore;
Et, d'un bonheur parfait savourant les douceurs,
Je chanterai les bois, le printemps et les fleurs.

NOTES.

1) PAGE 7, VERS 12.

Emules de Linné, vous guiderez nos pas.

MM. LATERRADE et DARGELAS, Professeurs de Botanique et d'Histoire Naturelle. C'est au zèle de ces Naturalistes, aussi distingués par leurs connaissances que chéris de leurs élèves par leur affabilité, que nous devons la formation de la société Linnéenne.

Dans la saison des fleurs, tandis que M. Dargelas fait un cours public de Botanique, au milieu des richesses des deux continens, distribuées par ses soins, avec tant d'ordre, dans l'enceinte du Jardin des Plantes, M. Laterrade, dans des leçons spécialement consacrées aux végétaux qui croissent dans notre département, décrit les caractères qui les distinguent et les propriétés qui les rendent utiles ou nuisibles. Ce modeste savant, qui a publié une *Flore* très estimée, a beaucoup contribué, par ses honorables travaux, à répandre et à entretenir, parmi nous, le goût de la plus aimable des sciences.

2) PAGE 8, VERS 21.

Quel bonheur! quel plaisir! au lever de l'aurore,
De parcourir les champs du domaine de Flore.

L'utilité et les agrémens des promenades champêtres ont été trop bien dépeints par un écrivain dont le style pittoresque rend avec un

nouveau charme les images variées de la nature, pour que j'ose me
permettre d'en parler après lui. L'on relit toujours avec plaisir ce
morceau charmant, et le lecteur ne sera pas fâché d'en retrouver
ici un fragment. Après avoir déployé, parés de leur plus brillant
coloris, les rians tableaux que nous présente le séjour des champs,
l'Auteur s'écrie : « Ah ! nous le demandons à ceux qui les ont
» éprouvées, quelles jouissances ne procurent pas ces courses cham-
» pêtres, que l'on entreprend pour étendre le domaine de la Botani-
» que ! Comme on oublie le bruit des cités et l'étalage de toute leur
» magnificence, dans la solitude et la simplicité des champs ! Cha-
» que pas fait changer la scène et présente de nouveaux rapports.
» A mesure qu'on s'éloigne, on perd de vue ces tours antiques qu'é-
» levèrent d'autres hommes et d'autres âges, ces temples majestueux
» et les dômes de ces édifices où l'architecture rivalise avec les autres
» arts ; on n'entend plus les coursiers fougueux qui traînent avec
» rapidité les chars, ni le son des instrumens dont l'accord charme
» l'oreille ; mais on commence à apercevoir les faces triangulaires
» du clocher du village, l'antique chapelle placée au milieu des
» tombes des laboureurs, et les chaumières couvertes de mousse ;
» mais on entend les tendres agneaux qui courent après leur
» mère au sortir de l'étable, et le rossignol qui perché dans
» l'épaisseur du feuillage, semble défier tous les autres troubadours
» de la forêt ».

(FLORE BORDELAISE, 2.me édition page 76.)

3) PAGE 8 , VERS 23.

De gravir sur ces monts, empire des frimats
Qui, malgré leurs glaciers, ont, pour moi, tant d'appas.

L'on a voulu parler des Alpes. Ce pays, si fertile en toutes sortes
de productions, présente au naturaliste, dans toutes les saisons de

l'année, les objets les plus intéressans et les plus curieux. Le règne végétal et le règne minéral semblent avoir choisi cette contrée pour y cacher leurs trésors.

4) PAGE 10, VERS 6.

C'est là que recueillie, oubliant l'univers,
L'âme sent naître en soi de plus nobles pensers.

« Celui qui n'a jamais connu la perspective majestueuse qu'offrent les hautes montagnes, entrecoupées de vallées profondes, ne peut avoir qu'une bien faible idée des beautés que font naître les grandes harmonies de la nature. L'image imposante de ces monts inaccessibles fait éprouver je ne sais quelles sensations qui, en agrandissant le domaine de l'imagination, lui donnent plus de force et d'énergie. C'est là que les grandes pensées viennent en foule se présenter à l'esprit, et c'est là, mieux que partout ailleurs, que le génie peut se livrer à ses sublimes conceptions. Aussi, BUFFON, le plus éloquent interprète de la nature, avoit-il choisi un de ces lieux, voisin des Alpes, d'où il découvrait leur vaste chaîne, pour y méditer, dans le calme de la solitude, ces ouvrages dont il a illustré la France, et qui ont rendu son nom immortel ».

(Extrait du TABLEAU DES ALPES, *discours lu dans la séance publique de la* 8.me *fête Linnéenne*).

5) PAGE 10, VERS 14.

En voûte suspendu, le roc sur des abîmes
Dirige, comme un trait, ses éclatans pitons, etc.

Le mot *pitons* est une expression métaphorique que j'ai empruntée à BERNARDIN DE St PIERRE, et qui, ce me semble, peint assez bien ces pointes des rochers escarpés qui tiennent, comme suspendus, les nuages qu'elles attirent (*).

6) PAGE 10, VERS 17.

Que j'aimais à cueillir, au bord d'un précipice,
Cette brillante fleur, etc.

C'est le *Sempervivum Arachnolideum*, très belle fleur dont la corolle présente une espèce de réseau qui imite assez bien une toile d'araignée, d'où lui vient son nom. On ne la trouve que sur les rochers les plus arides et les plus escarpés.

7) PAGE 10, VERS 21.

Souvent, dans les forêts, j'interrogeais les heures.

« Il est des fleurs qui s'ouvrent à une heure à peu près fixe et qui servent à former l'horloge de Flore.

Ainsi on voit dans nos environs :

Le Salsifis ouvrir ses fleurs, à . . . . . 4 h. du mat.
La Crépide des toits, à. . . . . 5 »
La Scorsonère, à . . . . 6 »
Le Nénuphar, à. . . . . 7 »
La Chicorée sauvage, à . . . . 8 »
La Piloselle, à . . . . 9 »
La Sabline rouge, à . . . . 10 »
La Dame d'onze heures et le Pourpier, à . . 11 »

(*) » Les pluies que leurs pitons attirent, peignent souvent les couleurs de » l'arc-en-ciel sur leurs flancs verts et bruns, et entretiennent à leur pied, les » sources dont se forme la petite rivière des Lataniers ».

(PAUL ET VIRGINIE, *page* 10).

La plupart des plantes grasses à midi.

On voit se fermer :

L'OEillet prolifère, à . . . . 1 h. ap. midi.

La Pulmonaire, à . . . . 2 »

Le souci des champs, à . . . . 3 »

L'Épervière des Savoyards, à . . . . 5 »

L'Hémérocalle fauve, à . . . . 8 »

Cependant, il y a aussi des fleurs nocturnes : un silène, *silene noctiflora*, ouvre les siennes à cinq heures du soir ; la Belle de nuit à huit, et le *Datura* n'a jamais ses corolles si évasées qu'à neuf ».

(*Fl. Bord.* 2.me *éd. p.* 57).

8) PAGE 11, VERS 17.

Symbole de pudeur, d'amour et de tendresse,
En son réduit caché, sous mon doigt qui la presse,
A ma seule présence, ou même au moindre bruit,
La tendre sensitive et s'agite et frémit.

La Sensitive, *Mimosa pudica*, originaire du Brésil, est cultivée aujourd'hui dans tous les jardins des curieux. On sait qu'au moindre attouchement ses folioles se rapprochent, et que ses rameaux articulés fléchissent. Sa tige s'élève d'un à deux pieds ; elle est garnie d'aiguillons crochus. Ses feuilles sont délicates, deux fois ailées et ne sont pas un des moindres ornemens de cette espèce intéressante. C'est en été qu'elle donne ses fleurs d'un rouge-violet et qui forment des houppes légères et agréables. La Sensitive est une des plantes chez lesquelles on remarque le mieux le phénomène de l'*irritabilité*, que quelques-uns nomment *contractilité*, propriété singulière à laquelle conviendrait peut-être mieux encore, comme le dit M. de CANDOLLE, le nom d'*excitabilité*.

Il est un grand nombre de plantes qui jouissent plus ou moins de cette faculté *contractile* que l'on n'a pu expliquer encore d'une manière bien satisfaisante. Tout le monde sait que les feuilles de la *Dionée*, (*Dionœa muscipula*) se contractent avec assez de promptitude et de violence pour faire périr l'insecte qui a eu le malheur de se poser sur leur disque armé de pointes. Les Naturalistes ont fait de nombreuses observations sur les feuilles du *Datura*, de la *Robinie*, du *Triolet*, etc. , etc. , et j'ai eu occasion de remarquer dans les environs de Libourne, une *syngenèse*, dont les étamines, lorsque je les touchais même très légèrement, lançaient avec beaucoup de force, leur poussière fécondante.

La cause de ces phénomènes observés tant de fois et long-temps médités par les naturalistes et les physiciens, nous sera probablement toujours inconnue. Tous les travaux qui ont été entrepris pour éclaircir cette partie de la physiologie végétale, l'une des plus importantes, eu égard aux conséquences qu'elle peut fournir à la science, ne reposant sur aucune base solide, n'ont eu qu'une existence éphémère, et, si quelquefois ils ont été fortifiés par l'autorité d'un nom illustre, il n'en est pas moins résulté que les paradoxes, sur lesquels on les étayait, ont été renversés par les raisonnemens d'une saine logique et par une philosophie qui sait distinguer les êtres mus selon les lois de *l'organisation*, de ceux qui obéissent *à un instinct*, *à une intelligence* qui est bien au-dessus de la *matière organisée*.

Parmi les nombreux systèmes, plus ou moins ingénieux, que l'on a mis au jour sur ce sujet, nous nous permettrons de citer celui qu'un jeune médecin de Bordeaux (*) a reproduit dernièrement, avec

---

(*) M. le Docteur Chansarel. Son mémoire, qui renferme des observations justes et quelques faits intéressans, a été inséré dans les *Annales Européennes*. M. Rauch, rédacteur de cet estimable journal, dit, dans une note, *qu'il partage pleinement l'opinion de M. Chansarel*. Je regrette d'autant plus de

beaucoup de talent, dans un discours sur la *sensibilité des végétaux*, lu à une des séances publiques de la Société Linnéenne.

Il pense, avec un célèbre Botaniste (Tournefort), que cette faculté réside dans les muscles des plantes, et il ajoute qu'elle leur est transmise par des nerfs qui, comme chez les animaux, seraient les organes de la sensibilité. Cette hypothèse, fruit d'une imagination passionnée pour des êtres si intéressans, sous tant de rapports, détruirait la ligne de démarcation qui sépare les deux grandes classes du règne doué de l'organisation et de la vie (*); mais, pour qu'elle fut vraie, il faudrait prouver que les végétaux sont pourvus de ces deux organes; faire connaître la place qu'ils occupent dans leur organisation, et c'est là certainement ce qu'on ne démontrera jamais.

---

ne pouvoir me réunir sur ce point, au sentiment de ce savant, que, toutes les fois que j'en ai eu l'occasion, je me suis plû à rendre justice au mérite du journal qu'il rédige dans des vues éminemment utiles, et vraiment philantropiques. Mais, en fait de système, il est permis à chacun d'avoir le sien.

(*) Linné, dans une phrase remarquable par son laconisme, a très bien tracé les caractères qui distinguent les trois règnes de la nature, que l'on a maintenant réduit à deux : « les minéraux croissent, dit ce Naturaliste, les » végétaux croissent et vivent, les animaux croissent, vivent et sentent : » *Lapides crescunt, vegetabilia crescunt, et vivunt, animalia crescunt, vi-* » *vunt et sentiunt* ».

(Philos. Botan. introd.)

M. Chansarel, ainsi que plusieurs savans, entr'autres M. Richerand, ont dit que cette phrase manquait de justesse; et que, pour bien distinguer les animaux des végétaux, il faudrait mettre : *Lapides crescunt, vegetabilia crescunt et vivunt, animalia crescunt, vivunt, sentiunt et se movent.* L'addition que l'on propose est, au moins, inutile et superflue, puisque la *sensibilité* suppose nécessairement la *locomotilité*, qui est la *faculté de changer de lieu, en vertu d'une force intérieure*, non différente de la *sensibilité* proprement dite. « Tout animal se meut et est sensible, dit M. H. Cloquet, il est impossible d'en » imaginer un qui serait doué de sensibilité et privé de la faculté de se mouvoir,

De ce que plusieurs végétaux mis en contact avec certains agens, plus ou moins actifs, éprouvent des contractions soumises à un mode particulier à ce règne, est-on en droit de conclure qu'ils sont doués d'une sorte de sensibilité instinctive? Autant vaudrait dire, ce me semble, que les substances hygrométriques, auxquelles la chaleur et l'humidité font éprouver des changemens si subits, sont capables de sentir. Si je prends un morceau de vélin très fin, que je le place sur ma main ou sur un corps chargé de calorique, je lui verrai produire des mouvemens en tout sens, et pendant tout le temps que la chaleur agira : prononcerai-je, d'après ce fait, que ce vélin est sensible, qu'il a des nerfs et des muscles? Je me borne à cette citation; chacun peut faire, tous les jours des observations de ce genre.

Si je me permettais d'émettre une opinion sur la *sensibilité* des plantes, je n'hésiterais pas à la faire dépendre de la lumière, du calorique, ou de l'électricité. Serait-il impossible d'ailleurs que ces trois agens, qui jouent un si grand rôle dans la végétation, et sans lesquels aucun corps organisé ne saurait subsister, serait-il impos-

---

» de même qu'un être locomotile ne saurait être insensible. *La liaison la plus* » *intime réunit l'une à l'autre*, *la sensibilité* et la *locomotilité* : que la première » re cesse d'exister, et la seconde sera bientôt anéantie ; et réciproquement. » La preuve de cette liaison gît d'ailleurs tout entière dans le fait suivant. » C'est la crainte et le désir, effets immédiats de la sensibilité, qui détermi- » nent tous les mouvemens chez les animaux. Les mouvemens, du reste, dans » un être privé de sentiment, ne serviraient qu'à le conduire rapidement à » sa perte.

» D'apès cela, la plante n'est donc point, comme on l'a prétendu, un ani- » mal enraciné; l'animal n'est point non plus une plante ambulante. Une » pareille métaphore est au moins hasardée : pour qu'on puisse l'adopter rai- » sonnablement, il existe de trop grandes différences entre les deux sortes » d'êtres qui partagent le règne organique en deux grandes classes ».

(Dict. de médecine, d'Histoire Naturelle, etc.)

sible, dis-je, qu'ils ne reconnussent pas un même principe, diverse-
ment modifié? Jusqu'ici toutes les expériences que l'on a tentées, pour
séparer *la lumière* du *calorique*, n'ont eu qu'un résultat peu satisfai-
sant. Je sais bien que, dans le *spectre solaire*, il existe, au-delà des
rayons lumineux, des rayons *chimiques* qui font monter le mercure
du Thermomètre; mais Herschell, l'un de ceux qui ont le plus tra-
vaillé cette partie de la physique, n'est jamais parvenu, d'une manière
bien positive, à isoler entièrement ces deux fluides, dont la nature
est peut-être identique. Que dire de *l'électricité?* Cet agent si puissant
ne se manifeste-t-il pas constamment par le *calorique* et la *lumière?*
Est-il effet ou cause? Est-il principe ou conséquence? C'est aux
savans à décider ces questions, s'ils le peuvent : *non nostrûm
tantas componere lites.*

Les partisans de la sensibilité des végétaux, s'appuyent sur ce
qu'ils ont la propriété d'absorber, par succion, certains sucs,
certains fluides qui doivent servir à leur nutrition. Mais, ignore-
t-on qu'un grand nombre de substances inertes, placées dans dif-
férens gaz, dans divers liquides, les décomposent et s'approprient
les parties qui conviennent à leur nature? Cette absorption, par
succion, ne peut-elle pas être une simple opération chimique? ou
bien, ne peut-elle pas être produite d'après les lois rigoureuses de
la physique? Le *calorique* et la *lumière*, en décomposant les fluides
qui se trouvent dans la partie supérieure de la plante, et formant
par là, un vide dans les vaisseaux ne peuvent-ils pas sans le secours
d'aucun autre agent opérer cette *aspiration*, cette *succion* que l'on
voudrait faire dépendre d'une sensibilité hypothétique? L'eau,
par exemple, admise dans les canaux ouverts aux racines, parvenue
à une certaine élévation, se décompose : *l'oxigène* est exhalé par la
surface des feuilles, et le *carbone* qu'elle peut contenir, se fixe.
Cette opération produit un vide, dans la partie supérieure, qui,
d'après les principes de la physique, doit nécessiter *l'ascension* d'un
nouveau liquide. Une preuve de ce que j'avance, c'est que les

végétaux privés de la lumière, ne pouvant plus décomposer les substances qu'ils absorbent à l'aide du calorique de l'athmosphère dans
lequel ils sont plongés, s'étiolent et finissent par périr. De même,
pendant l'hiver, lorsque le calorique n'est pas assez abondant, cette
aspiration est très faible, et la circulation est arrêtée dans les vaisseaux de la plante.

Mais, dira-t-on, lorsqu'on place une plante dans un lieu obscur,
elle se dirige du côté de la lumière : donc elle *sent* ce fluide ; donc
elle est *sensible*. Je répondrai que les liquides, lorsqu'ils tendent à
se *vaporiser*, se dirigeant constamment vers le lieu par où leur arri-
vent les rayons lumineux, la plante qui en contient d'autant plus,
qu'elle se trouve dans un endroit plus obscur, doit nécessairement
être entraîné vers la lumière. L'on peut vérifier ce fait par une
expérience bien simple (*).

Une dernière preuve que la *contractilité* que présentent les végétaux n'est point un résultat d'un sentiment intérieur, c'est que, de
quelque manière qu'on les excite, les mouvemens sont toujours à
peu-près les mêmes, et jamais spontanés.

Quant au phénomène curieux, relatif au sommeil des plantes,
il parait évident, d'après les nombreuses expériences de M. de Candolle, qu'il dépend uniquement de la lumière, puisque, au moyen
d'un jour et d'une nuit artificielle, il est parvenu, en peu de temps,
à faire ouvrir et fermer les corolles des fleurs, à des heures diffé-
rentes de celles de leur épanouissement, ou de leur contraction
ordinaire.

(*) Mettez quelques gouttes de liquide dans un flacon, bouchez-le et placez-
le ensuite de manière qu'un de ses côtés soit tourné vers la lumière : Bientôt
le liquide s'évaporera et se portera sur la partie par où lui arrive le fluide
lumineux.

L'influence de la lumière directe sur les corps organisés est reconnue de tous les savans, mais celle qu'exerce la lumière réfléchie est encore un point de physique sur lequel tous ne sont pas d'accord. Ce qu'il y a de surprenant, c'est que l'opinion du plus grand nombre est même pour la négative. Cependant, en admettant l'influence de la lumière directe, je ne vois pas trop pourquoi l'on nierait celle de la lumière réfléchie, si toutefois leur nature est la même, comme il n'est pas permis d'en douter. Comment d'ailleurs expliquer autrement l'effroi subit et l'égarement de certains animaux, pendant les éclipses de lune? Comment se rendre raison des syncopes, des convulsions, qui se manifestent alors chez les individus malades ou d'un tempérament trop délicat? Les auteurs nous fournissent un grand nombre d'exemples de ce genre, et l'on peut citer comme un des plus frappans, les défaillances qu'éprouvait *Bacon de Vérulam*, pendant que ce phénomène avait lieu, lors même qu'il ne l'avait point prévu. Je ne prétends pas renouveler les rêveries de *Paracelse*, qui soumettait tout à l'influence des astres; mais il me semble que la lumière que les planètes nous envoient, et surtout celle que nous recevons de la lune, doit nécessairement modifier l'athmosphère, et contribuer, par là, à produire certains effets que l'expérience fait reconnaître, chaque jour, au paysan le plus grossier de nos contrées les moins civilisées.

Comme j'ai déjà dépassé les bornes d'une simple note, et que je me propose de continuer mes recherches sur la *contractilité des plantes*, et sur l'*influence de la lumière réfléchie*, considérée par rapport aux végétaux, je termine ici ce que j'ai cru devoir exposer sur cette matière. Je sais que l'on peut faire plusieurs objections à mon systême, et je ne me dissimule point tout le vague qui existe dans un tel sujet, mais peut-être aussi ne serait-il pas impossible, après de longues méditations, et des expériences bien suivies, de porter quelques rayons de lumière au milieu des ténèbres qui obscurcissent encore cette partie de la physiologie végétale.

9) PAGE 12, VERS 20.

Jusqu'aux cieux fièrement, portant sa tête altière,
Le Cèdre, sur les monts, près de l'humble bruyère, etc.

Le Cèdre, *Pinus Cedrus*, est un très-grand arbre résineux, originaire du mont Liban, où Volney rapporte (*Voyage en Syrie, Tome 1, page* 264.) qu'on n'en voit plus que quatre ou cinq qui aient quelque apparence.

« Il est peu d'arbres, dit l'auteur de l'article *Cèdre*, dans l'encyclopédie méthodique, dont la réputation soit plus ancienne, plus célèbre, plus justement méritée que celle du Cèdre du Liban.

» Le tronc de cet arbre s'élève peu, si on le borne aux premières branches; il n'a ordinairement que 6 à 9 pieds de haut, mais il est d'une grosseur énorme, surtout dans les vieux individus : les principales branches qui en partent, ressemblent chacune à autant de grands arbres; elles s'élèvent à une hauteur prodigieuse, et parviennent quelquefois à plus de cent pieds d'élévation; elles sont, à leur base, très-écartées, étendues, presque horizontales, et forment, sous cet arbre, une voûte magnifique, épaisse, touffue, qui produit un ombrage des plus agréables, et une fraîcheur que les rayons d'un soleil ardent ne peuvent dissiper. Ces branches se divisent en d'autres presque égales en en force, ouvertes d'abord en éventail, et qui prennent ensuite une direction verticale, pour porter, jusque dans les nues, leur cîme majestueuse : les plus petites branches, et les rameaux, par un contraste très-agréable, pendent vers la terre, et forment des panaches touffus, dont l'effet est des plus pittoresques ».

Cet arbre, d'après les essais que l'on a fait, pouvant très-bien réussir sur toutes nos montagnes, il serait à désirer qu'on le multipliât d'avantage, car son bois, qui passe pour incorruptible, serait d'une grande ressource pour le commerce et l'industrie.

Celui que l'on voit au jardin des plantes, à Paris, et qui est un des plus beaux que l'on possède en Europe, fut planté par l'illustre *Bernard de Jussieu.*

10) PAGE 12, VERS 26.

Le voyageur, assis sur quelque antique ruine,
Découvre, avec plaisir, le saule où les Hébreux, etc.

Le Saule Pleureur, *Salix Babylonica.* C'est de ce Saule, l'un des principaux ornemens des jardins suspendus de Babylone, dont parle David, dans le beau pseaume *Super flumina*, où il dépeint, d'une manière si vraie et si touchante, la tristesse et l'accablement des Hébreux, captifs sur les bords de l'Euphrate.

Ce Saule qui, selon l'expression d'un auteur ingénieux, *pleure encore sur une terre étrangère* (*), est, je crois, l'arbre qui doit plaire le plus à une âme affligée. Par là nature et la disposition de son feuillage, il semble nous inviter à nous abandonner aux charmes de cette heureuse mélancolie qui, née de la tristesse, procure à l'âme sensible, ces douces jouissances qui sont peut-être au-dessus de tous les autres plaisirs.

11) PAGE 13, VERS 23.

Dans les flancs escarpés des rochers du Sarmate,
Ovide, déplorant ses vers et son erreur,
Alla cacher sa plainte et sa longue douleur.

OVIDE mourut, après neuf ans d'exil, à Tomes (aujourd'hui Tomis ou Tomiswar), ville de la Scythie Européenne, sur le Pont-Euxin. Passant du climat délicieux de l'Italie, dans un pays dont la température était très-froide et les habitans grossiers et barbares,

---

(*) M. Laterrade (Fl. Bord. 2.me édit).

il eut beaucoup à souffrir, pendant cet exil, dont les érudits ont
cherché vainement à pénétrer les causes. Le poète nous dit lui-
même que ce furent ses vers et une erreur :

Perdiderint cùm me duo crimina : carmen et error; et c'est ce
que j'ai tâché de rendre.

Le poëme sur *l'art d'aimer*, ne pouvait tout au plus que servir
de prétexte à cet exil; car, comme l'observe Voltaire, « comment
» Auguste aurait-il pu exiler Ovide pour ce poëme, lui qui aimait
» et qui protégeait Horace, dont les poésies sont souillées des ter-
» mes de la plus infâme prostitution »? Une preuve de ce que j'a-
vance, ajoute l'auteur déjà cité, « c'est que Tibère, ce monstre de
lascivité, ne rappella point Ovide » : il n'y a donc que l'erreur dont
parle ce poète malheureux, qui peut en être le vrai motif. Mais
qu'elle est-elle? C'est ce que, à n'en pas douter, on ignorera toujours. Les diverses conjectures que l'on a données à ce sujet, sont
presque tontes dénuées de vraisemblance.

12) PAGE 15, VERS 5.

» Il en est temps encore : au milieu des forêts,
» Tendre époux, la nature a caché ses secrets;
» Sous l'ormeau, va cueillir la fleur aux doigts de rose ».

C'est la digitale pourprée, *digitalis purpurea,* qu'on a voulu dési-
gner. La tige de cette plante, la plus jolie du genre, est simple,
garnie à sa base d'une touffe de feuilles blanchâtres en dessous et
d'un vert clair en dessus, et terminée par un long épi de fleurs
d'un beau pourpre, qui s'inclinent toutes du même côté. La corolle, qui est monopétale, ressemble beaucoup à un doigt de gant,
ce qui a valu au genre, le nom qu'il porte. Cette belle plante,
haute de deux pieds à deux pieds et demi, croît dans les bois mon-
teux de l'Europe méridionale, et on la trouve dans plusieurs
parties de la France, notamment aux environs de Paris.

La médecine a su tirer un grand parti des feuilles de la digitale, et en a obtenu d'heureux effets dans un grand nombre de maladies. Les médecins anglais l'ont regardée comme un remède infaillible dans la *phthisie* et les *scrophules*. L'expérience a prouvé que, dans le début de la première de ces affections, son emploi pouvait être très salutaire; il est plus que douteux dans la seconde. Elle a produit aussi de bons résultats dans le traitement des *hydropisies*, mais c'est surtout dans les *palpitations du cœur*, qu'on doit en recommander l'usage. Quoique les médecins ne soient pas encore bien d'accord sur la manière d'agir de cette substance énergique qui, prise à haute dose, deviendrait un poison violent, il est certain qu'elle a la propriété, administrée convenablement, de ralentir les battemens du cœur, à un tel point, que l'on a vu le pouls des individus soumis à son action, descendre de quatre-vingt, à quatre-vingt-cinq vibrations par minute, à vingt-cinq ou trente.

Aussi n'est-il pas douteux, comme l'observe M. Le Docteur Ricuard, que « cette maladie *(les palpitations du cœur)*, qui n'est
» souvent que le symptôme d'une affection plus grave, et qui peut
» être déterminée par les causes les plus variées, ne cède quelque-
» fois, comme par enchantement, à l'usage de la poudre ou de la
» teinture de digitale, données à faible dose. On obtient ce résultat
» avantageux toutes les fois que les palpitations dépendent d'une
» affection nerveuse (*).

(*) Un de mes amis épousa, en 1823, une demoiselle d'un tempérament nerveux, et qui autrefois avait été sujette à des *palpitations du cœur*. Quelques jours après le mariage, les plapitations reparurent, et cette jeune dame me pria de lui indiquer un remède qui pût guérir cette affection fâcheuse. N'étant revêtu d'aucun titre légal, et étudiant l'art de guérir depuis peu de temps, je l'engageai à s'adresser à un médecin. Mais, comme elle réitéra plusieurs fois ses instances, je crus pouvoir me permettre de lui conseiller l'usage de la poudre de digitale, à une dose faible et graduée dans une tasse d'infusion

13) PAGE 15, VERS 15.

Dirai-je les vertus de l'écorce puissante
Qui, calmant les transports d'une fièvre brûlante,
Me redonna la vie aux portes de la mort.

Le Quinquina, dont on fait un si grand usage dans la médecine, est l'écorce de plusieurs arbres et arbrisseaux des forêts de l'Amérique méridionale, qui appartiennent au genre Cinchona. Le *quinquina loxa du Pérou* et le *quinquina rouge* sont les espèces que l'on emploie le plus communément et qui sont fébrifuges à un degré supérieur. Elles constituent même le seul remède que l'on puisse opposer avec succès aux fièvres intermittentes pernicieuses. Depuis surtout que la chimie est parvenue à extraire la substance alcaline, à laquelle le quinquina doit ses propriétés, l'on voit peu de ces fièvres, rebelles à l'administration de ce précieux remède.

14) PAGE 15, VERS 25.

Toi, qui me fus ravie au printemps de mes jours,
Qui de mes premiers ans embellissais le cours, etc.

C'est à l'âge de quatorze ans, que j'eus le malheur de perdre ma mère. Cet événement fatal m'inspira les premiers vers que j'ai faits. Abîmé dans une douleur profonde, je les traçai sur la pierre où souvent j'avais reçu les tendres caresses de celle qui sera, jusqu'à mon dernier soupir, l'objet sacré de mes regrets et de mes larmes. Voici ces Stances : (le lecteur sensible au sentiment qui les dicta, excusera leur simplicité et leur imperfection).

---

de tilleuil, à prendre trois fois par jour. Le second jour de l'emploi de ce remède, cette dame éprouva du soulagement ; le troisième, les palpitations diminuèrent ; et le quatrième, elles cessèrent entièrement. Ce fait est à ajouter, à un grand nombre d'autres du même genre.

STANCES ÉLÉGIAQUES

sur

LA MORT DE ZOÉ.

———

Nec lacrymis caruére genœ.
Virg. Enéid. L 5.

Zoé n'est plus ! le sort, le sort cruel
A mon amour vient de ravir ma mère !
Pleurez mes yeux !....Infortuné mortel !
Je n'aurai point de bonheur sur la terre !

     Zoé n'est plus !

Zoé n'est plus ! inutiles souhaits !...
Des plus beaux jours, pour moi, se rompt la trâme !...
Je l'ai perdue, et ne puis désormais
Du moindre espoir entretenir mon âme !

     Zoé n'est plus !

Zoé n'est plus ! Dans la nuit du tombeau,
Ah! pour jamais, elle est ensevelie !...
Tendre amitié, viens briser ton flambeau
Sur cette pierre, où ma mère chérie,

     Hélas ! n'est plus !

Zoé n'est plus ! ô triste souvenir !
Sous les cyprès, sans espoir et sans crainte,
J'exhalerai, jusqu'au dernier soupir,
De mes regrets, la douleur et la plainte.

     Zoé n'est plus !

Zoé n'est plus ! Arrosés de mes pleurs,
Mes seuls témoins, croissez arbres funèbres !...
Fatale mort ! viens finir mes malheurs,
Et plonge-moi dans tes sombres ténèbres !

Zoé n'est plus !

Zoé n'est plus ! et l'écho qui soupire
Répéte, au loin, le cri de ma douleur;
La feuille tombe, et tout semble me dire,
Pour augmenter la peine de mon cœur :

Zoé n'est plus !!!

15) PAGE 17, VERS 25.

Cependant, parmi nous formés à son école,
Parurent Tournefort, les Jussieu, de Candolle.

LINNÉ est, sans contredit, l'auteur qui a le plus contribué à enrichir la science des végétaux, et à en inspirer le goût par des écrits pleins de charme. Mais TOURNEFORT, qui est le premier à qui l'on doit une méthode complète de classification botanique, avait précédé le célèbre professeur d'Upsal, dans cette carrière que tous les deux ont parcourue avec tant d'éclat. C'est donc à tort que j'ai dit que ce naturaliste *avait été formé à l'école de* LINNÉ. Le désir de renfermer dans un seul vers les trois noms qui ont illustré la botanique française, m'a fait commettre un anachronisme, de peu d'importance, il est vrai, mais que j'ai cru de mon devoir de rectifier dans une note.

16) PAGE 18, VERS 9.

Rousseau, de la nature en défendant les droits,
Expliqua nos devoirs, fit connaître ses lois.
Trop heureux, si, bornant l'élan de son génie,
A couronner de fleurs le berceau de la vie,
Il n'eût, en dévoilant les vices de son cœur,
Fait rougir l'innocence, offensé la pudeur.

Rousseau, en écrivant sur la Botanique, a traité ce sujet avec cette magie de style qui caractérise toutes les productions de l'écrivain auquel nous devons la description délicieuse de l'île de *Saint-Pierre*, dans le lac de *Bienne*.

Quoique son *Traité sur l'éducation* présente trop souvent les paradoxes les plus funestes, à côté des vérités les plus utiles, l'on ne peut disconvenir de tout le bien que cet ouvrage a produit, et des services que Rousseau a rendus à l'humanité, en devenant le protecteur de ces êtres si faibles et si intéressans, qui avant lui, n'entraient dans le sentier de la vie, qu'à travers les ronces et les épines. C'est là aussi, que les mères ont appris à respecter les devoirs sacrés que la nature leur impose, et qu'une fausse interprétation des convenances sociales leur avait fait oublier.

Mais, si ce livre a mérité quelques éloges à son auteur, quels reproches n'est-on pas en droit de lui adresser pour avoir publié ses *confessions*, ouvrage si dangereux pour les mœurs, et qui peut produire le plus grand mal dans la société? c'est en vain que les partisans du philosophe qui a poussé la manie de l'esprit paradoxal jusqu'à l'excès, ont cherché à excuser cet aveu des turpitudes les plus basses. Quelques-uns d'entr'eux ont même trouvé sublime cet aveu de *Jean-Jacques*, et ont décoré du nom de *faiblesses* ce qui n'est que l'oubli le plus révoltant des lois de la décence et de la pudeur. « Lorsque, comme le dit un écrivain du siècle dernier, ces fai-

4

» blesses supposent une entière dépravation de l'âme et des mœurs,
» elles sont l'équivalant des vices les plus infâmes, elles doivent
» exciter dans les âmes honnêtes la même horreur, elles méritent
» la même proscription ; et il ajoute que cette ingénuité dont on
» a fait tant d'honneur à Rousseau, ne portant pas sur l'aveu des
» faiblesses humaines, toujours pardonnables, mais sur celui des
» excès les plus honteux, c'était le dernier période de la perversité,
» de les faire sortir du secret de sa conscience, car le crime
» le plus atroce est de ne pas rougir du crime, d'oser même le
» confesser scandaleusement ».

FIN.

www.ingramcontent.com/pod-product-compliance
Lightning Source LLC
Chambersburg PA
CBHW061712180626
46818CB00003B/1361